PARIS

A LA FIN DE 1816,

OU

TROIS LETTRES

A L'ORDRE DU JOUR;

PRÉCÉDÉES

DE DEUX FRAGMENS D'HISTOIRE PHILOSOPHIQUE

SUR CHARLEMAGNE ET HENRI IV;

PAR AUGUSTE HUS,

Auteur de l'Influence du Règne de S. M. Louis XVIII sur le bonheur de la France et de l'Europe.

> Le siècle de Louis XVIII surpassera la gloire des quatre grands siecles. Un Roi qui a la magnanimité d'accorder une *charte* à son peuple, devient le premier Roi de l'histoire.

PARIS,

Chez BEAUCHAMPS, libraire, boulevart Poissonnière, n°. 17; et au Palais-Royal, chez les marchands de nouveautés.

1816.

HOMMAGE

A S. M. LOUIS XVIII,

A l'occasion de la mémorable et bienfaisante Ordonnance royale, en date du 5 *septembre* 1816, ère *de* gloire *et de* bonheur *pour la* France libre.... *grâce à son Roi immortel.*

Grand Roi, dont les vertus illustrent notre *histoire*,
Toi, qui dans notre amour as su placer ta *gloire*,
Citoyen sur le *trône* et *monarque éclairé*,
Dans un *sénat de Rois* (1), par le *monde* admiré,
Accorde à ce *tribut* un peu de bienveillance;
Toujours l'*hymne du cœur* mérita l'*indulgence ;*
Partout dans ton empire on chante tes *bienfaits*,
Et célébrer *Louis* est le droit d'un *Français*.

Vivent le Roi ! son auguste famille et la charte royale !

---

(1) Le congrès des souverains de l'Europe, deux fois rassemblés à Paris.

FRAGMENT

SUR CHARLEMAGNE.

Trois puissances avaient gouverné le monde : la force physique, les idées surnaturelles, et à de grandes distances, la *justice* sous les traits de quelques *bons Rois ;* mais ces lueurs de *bonheur* pour l'espèce humaine faisaient bientôt place à l'*ignorance* et à la *férocité* des temps barbares, ou, ce qui est bien pire, d'une *fausse* civilisation. L'homme qui se trouvait un peu au-dessus de ces siècles de *ténèbres*, accusait les lois de l'univers de n'avoir rien fait pour l'homme de bien. La nature, qui tient en réserve les grands hommes, eut *pitié* du genre humain. *Charlemagne naquit.* A ce nom auguste, l'art de gouverner et l'esprit humain prennent une autre direction. Charlemagne, supérieur à son siècle, et né pour faire époque dans l'histoire, réunissait en lui tous les genres de *grandeur.* Il sentit que la vraie puissance est celle qui est appuyée sur les *lumières*, et il protégea les *lettres.* Il appela les savans auprès du trône. Sa gloire fut immense comme son empire. Son vaste génie suffisait à tout ; car le *temps* et l'*espace* sont aux *ordres* des grands hommes, tandis qu'ils accablent de leur puissance les hommes ordinaires. Les *capitulaires* de Charlemagne, monumens de génie pour le *temps* où ils furent rédigés, attirent encore de nos *jours* les regards des *penseurs*, qui seuls font la gloire des Rois; car le *génie* est la première des puissances. Charlemagne, sachant combien la vérité a de peine à parvenir auprès du trône, dont elle est le premier besoin et le plus sûr soutien, fait circuler continuellement dans ses gigantesques Etats des hommes investis de sa confiance. Tous les *besoins* et toutes les *injustices* lui sont connus. Tandis que par des intermédiaires affidés il pénètre dans la cabane du *pauvre*, il porte son regard scrutateur sur son propre *palais*. Ce grand prince sait par l'histoire, ces vastes archives de l'*expérience* pour les *Rois* et pour les *peuples*, combien les *mœurs* de la *cour* ont d'influence sur les *courtisans*, peuple d'*imitateurs* qui, imité par les autres classes, donne l'*empreinte* de la *cour* à toute la *nation*. Charlemagne savait aussi par l'histoire, qui *apprend tout*, parce qu'elle finit par *savoir tout*, que si dans la cruelle et brûlante arêne des *révolutions politiques*, les *tavernes* attaquent les *palais*, quelquefois l'*incendie* sort des *palais* mêmes. Rien n'échappait à cet homme extraordinaire. S'il fit quelques fautes au milieu de tant de choses admirables, c'est que si la politique l'avait fait roi, la nature l'avait fait homme, et que, sur un *trône* comme dans le *châlet* du *berger*, il faut payer son tribut à la faiblesse humaine. Le nom de Charlemagne est consacré à jamais à la gloire; mais par une *fatalité* attachée à tout empire qui devient trop *vaste* (1), la *mort* de ce *prince* fut la *mort politique* de son empire trop étendu. Bientôt ce que le *génie* avait rendu homogène et réuni dans un seul corps, prodige de sa puissance créatrice, fut *dissous* par la *médiocrité* de ses successeurs. Les *ténèbres morales* s'emparèrent de nouveau des domaines du grand homme des siècles barbares, sur lesquels il avait jeté pendant quelques années l'*enchantement* du *génie*. Respectons la mémoire de Charlemagne; car s'il n'eût pas existé, le sentiment de la *gloire*, cette noble passion, cette *flamme* des grandes âmes, n'eût point formé ces *Rois législateurs* et *pères* de leurs sujets, ces Rois qui sont *immortels* parce qu'ils furent *bons*; et qui furent *bons* parce qu'ils étaient *éclairés*; l'*ignorance* n'a jamais produit que du *mal* sur la *terre*. Sans les progrès de la raison humaine au dix-huitième siècle, sans le *siècle* de *Voltaire*, nous n'aurions jamais eu le beau siècle de Louis XVIII, de ce Roi magnanime et brillant d'esprit, qui réunit la tête de *Marc-Aurèle* au cœur de Titus et de Henri IV.

---

(1) Parce que si la nature en *masse* n'a point de *limites*, toutes ses parties sont *limitées*, et ne peuvent franchir long-temps un espace donné.

FRAGMENT

SUR HENRI IV.

Le conquérant est *craint*, le sage est *estimé* ;
Mais le *bienfaisant* charme, et lui seul est *aimé*.

VOLTAIRE.

SI M. de *Mairan* a dit qu'*une bonne action rafraîchissait le sang*, quel sujet heureux que l'histoire de *Henri IV*, dont le règne entier fut *une bonne action continuelle* envers toute une nation et envers l'*humanité!* car l'histoire d'un *bon Roi* comme Henri IV, comme Louis XVIII, fait, si l'on peut s'exprimer ainsi, la *police du monde* en servant de *modèle* à tous les Rois, en exerçant de l'influence sur tous les siècles. *Henri IV* est, parmi les *Rois*, ce qu'est *Fénélon* parmi les *prêtres*, *Socrate* et *Plutarque* parmi les *anciens*, et *Montaigne* parmi les philosophes modernes. Son nom *charme* le cœur de l'homme *de bien*. Prononcé sous un bon Roi comme le prince immortel qui vient de donner une *charte* aux Français reconnaissans, ce nom est l'éloge le plus flatteur que le bonheur public puisse décerner au *trône*. *Invoqué* sous un *tyran*, ce nom d'Henri IV est l'épigramme la plus sanglante infligée par la justice d'un peuple malheureux au *despotisme*, qui frémit au nom de Henri IV comme au nom de *Tacite*. Henri IV, Roi populaire sans être populacier, reçut l'éducation dure, mais forte, du malheur et des guerres civiles. Echappé par miracle à l'*affreuse St.-Barthélemi*, son cœur sensible et généreux jura d'être *bienfaisant* s'il devenait *Roi*, et jamais un *Bourbon* ne manque à sa parole. A l'héroïsme d'un Roi de France, Henri réunit la franchise et la gaîté d'un guerrier français, la galanterie d'un *chevalier* et l'*amour des lettres*, naturel à sa dynastie, et sans lequel un prince peut faire des choses extraordinaires, mais n'est jamais un *grand Roi* pour la postérité.

Henri IV, après avoir nourri les Parisiens en révolte, et pardonné à tous ses ennemis, se montra grand politique, homme d'état, au-dessus de son siècle, par le mot spirituel *Paris vaut bien une messe;* mot que les gens frivoles ne trouvent que *gai* et *plaisant*, mais qui est profond pour le *penseur* qui veut qu'un Roi s'élève aux grandes considérations nécessitées par les intérêts des Etats, et ne prenne pas un trône pour un *cloître*. Lorsque Henri désigna son *panache blanc* pour *signe* de *ralliement* à ses amis, en disant : *Vous le trouverez toujours au chemin de l'honneur*, Henri se montra digne d'être *Roi de France;* il prouva qu'il connaissait profondément le *caractère* de sa *nation*, et, par ce seul *mot* qui appartient aux annales de l'héroïsme et de la chevalerie française, il *écrivit l'histoire de France*.... Mais un tel Roi périt victime du fanatisme; le grand, le bon Henri fut *assassiné!*... O destinée incompréhensible!... O fanatisme! fanatisme! voilà ton plus grand crime!... O philosophie! divine philosophie! que de grâces nous avons à te rendre!

PARIS EN 1816,

OU

TROIS LETTRES

A L'ORDRE DU JOUR.

LETTRE PREMIÈRE,

Ecrite à un médecin musqué par une belle dame qui se console par les plaisirs *de la perte des* grandeurs.

Mon cher docteur, je suis malade à mourir, et on ne vous voit pas. Parce que je suis une *puissance* détrônée, vous me négligez ! Comme le vulgaire des hommes, vous ne faites la cour qu'à la *grandeur* et à la *fortune ;* mais le *plaisir* n'est-il rien pour un jeune médecin de la Chaussée-d'Antin ? Si je n'ai plus de *courtisans*, je conserve des amis. Il en existe toujours pour une jolie femme de vingt-cinq à . . . ; mais ne parlons point d'âge. cela *rembrunit* l'imagination ; d'ailleurs, à Paris, les femmes sont toujours jeunes. C'est le pays des illusions, et sans illusions point de *bonheur*. Ce qu'il y a de *positif*, de réel dans la vie, est souvent si absurde ou si ridicule, ce qui est bien pire en France ; mais je crois que je deviens *philosophe* pour être en *harmonie* avec ma position actuelle, et je ne veux connaître que la philosophie du plaisir; c'est celle de *Ninon*, celle de....... malgré ses gros livres méthaphysiques, et ce fut celle de ...... en dépit de ses *homélies romanesques*. Ainsi, trève aux regrets; mon *boudoir* va devenir mon tr. ...., et quelques amis bien . . . assidus . . . bien . . . tendres me consoleront de la perte d'un grand nombre de S......, toujours *frondeurs* et ingrats. Cher, docteur, soignez ma santé; il y va du *plaisir*, qui vaut mieux que la *gloire*, des plaisirs de Paris, et peut-être des vôtres. Adieu, docteur; je vous attends demain au *petit jour*, c'est-à-dire à *midi*.

LETTRE DEUXIÈME.

Réponse du jeune docteur musqué à la belle dame de la chaussée d'Antin.

MADAME,

JE suis désespéré de ne pouvoir me rendre demain à *midi* à votre hôtel; mais je ne me lève pas si *matin*. Si j'arrivais chez *Tortoni* avant deux heures après-midi, je serais un homme mort, enterré. J'y prends mon chocolat, et m'occupe avec ces *Messieurs* de la littérature de la *Bourse*. Ensuite je m'en vais à mes leçons de *danse* et d'*équitation*. Après ces occupations indispensables pour un médecin du dix-neuvième siècle, je fais un *cours d'anatomie comparée* avec une ardente *Provençale* et une froide Anglaise, qui veulent connaître les *sciences naturelles*. Je suis tout-à-la-fois le *Duport* de la Faculté, le *Franconi* de l'Ecole de Médecine, et le *Cuvier* du *boudoir*. Mes malades attendent que j'aie terminé ces graves occupations. Je commence par aller voir un marchand de ...., le bel esprit du quai des *Morfondus*, et le *Montesquieu* des cafés des boulevarts. Il est devenu *fou* en se croyant chargé d'être le *Don-Quichotte* de M. de Château....d, qui doit être fier d'avoir un défenseur aussi *éclairé* qu'un marchand de .... Sa maladie est incurable ; mais je continue à le voir pour faire sur lui *certaines expériences* que nous autres médecins nous essayons aux dépens des personnages obscurs, et sans conséquence pour le résultat. De l'........*fou, furieux*, je vais chez un *Mondor* du faubourg Saint-Honoré, marié à une jolie femme de dix-huit ans, ce qui lui a donné une *maladie d'inquiétude* continuelle. Je ne manque pas un seul jour de le voir, car il me donne un traitement magnifique; mais il y met une condition bien *dure*. Il me lit un poëme héroïque en cinquante chants sur la *hausse* et la *baisse*, une correspondance *administrative* où il se montre homme d'état comme M. Fiévée ou M. Châ.. an, ou bien P...., le *Vitruve* de *Montmartre ;* ensuite mon cabriolet me transporte chez un ex. . . . .qui a joué un grand rôle parce qu'il mettait toujours de l'*esprit* où il fallait mettre de la *morale*, l'un lui étant plus aisé que l'autre. Une ambition rentrée l'étouffe, et des indigestions à la *Cambacérès* achèvent une existence qui sera plus *étrange* que *célèbre*. Comme il ne croit à rien, pas même à la médecine, au lieu de lui citer *Hypocrate* et *Galien*, je l'amuse en lui racontant la *chronique scandaleuse* de Paris. Il ne vit plus que de *scandales*, comme l'*Homère* des *sauvages* et l'*apôtre* des boudoirs. Une douzaine de femmes à la mode me livrent tour-à-tour leur système nerveux ; je les *calme* par la lecture de *Jeanne de France* et de quelques *Vaudevilles anodins*. Je traite un mal d'*aventure* arrivé à une grosse *douairière* du *Marais*, qui veut encore faire la jeune femme en cheveux blancs, qu'elle se teint en *noir*. Voilà ce que c'est que de transporter les *mœurs* de la rue du Mont-Blanc au *Marais*. Ma soirée se passe à donner des conseils dans les loges des actrices et des danseuses de nos spectacles, à faire de l'*esprit* avec M. Sc. . . . . ; mais vous pouvez compter sur moi après-demain, à mon *petit jour* de *deux heures* après-*midi*. Je n'ai plus que cinquante dames à . . . . faire passer avant vous.

Je suis, avec respect,

LE DOCTEUR OXIGÈNE.

LETTRE TROISIÈME,

Écrite de Londres par un lord *à son fils, à Paris (en réponse à une lettre du fils, que nous donnerons une autre fois).*

Le théâtre des *parades*, le fond de la *langue* et de la littérature françaises! quel blasphême, mon fils! Comment osez-vous calomnier ainsi la *seconde nation de l'Europe?* Quelles sociétés fréquentez-vous pour faire d'aussi ignobles *caricatures* d'une *ville* comme Paris, où siége un *gouvernement constitutionnel*, monument immortel d'un Roi qui sert de modèle à tous les Rois de l'Europe? Non, non, mon fils, la nation française n'est point faite pour s'occuper exclusivement des *trétaux* des boulevarts, et du ridicule et injuste procès intenté à une actrice. Cette nation, qui en apparence paraît, dis-je, ne s'occuper que de chansons, de danses, de modes et de frivolités de tout genre, sait réunir les connaissances d'*Aristote*, l'amabilité d'*Aspasie* à la fleur d'esprit d'*Alcibiade*. Elle est profonde et éloquente quand la patrie est l'objet de ses méditations; ce mot magique de patrie, en France n'est plus, comme avant 89, un mot vide de sens, parce que ce mot s'identifie à celui de *Roi penseur* et au saint nom de charte. Les Français d'aujourd'hui ne sont plus les ridicules petits-maîtres si bien peints par *Crébillon fils*, ni les impertinens fats à talons rouges de l'*OEil-de-Bœuf;* ce sont des hommes à fortes et à nobles conceptions, mûris par de grands évènemens, de profondes discussions, instruits et *retrempés* à l'école du *malheur*, produit des révolutions politiques dont la main bienfaisante d'un *sage couronné* a fermé le cercle pour bien des siècles; car tant qu'il y aura des hommes, il y aura des *révolutions;* mais c'est beaucoup que de placer quelques siècles de *tranquillité* et de bonheur public sur la ligne éternelle du temps. Mon fils, respectez une nation qui, après avoir donné au monde des *géants intellectuels* comme ***Descartes***, ***Montaigne***, ***Montesquieu***, ***Rousseau*** et ***Voltaire***, d'***Alembert***, ***Diderot***, ***Chénier*** et ***Cabanis***, compte encore parmi elle des écrivains tels que madame de ***Staël***, les ***Laplace***, les ***Cuvier***, les ***Lally-Tollendal***, les ***Biot***, les ***Chaptal***, les ***Botton***, les ***Bossi***, les ***Fontanes***, les ***Jay***, les ***Botta***, les ***Victorin-Fabre***, et cet éloquent ***Vilmain***, étincelant d'esprit, qui, en célébrant Montesquieu, s'est élevé à la hauteur de l'*Esprit des Lois*, avec le *piquant* des ***Lettres Persannes*** et les *grâces* du ***Temple de Gnide.*** Une telle nation, qui puise à notre école des idées politiques, financières et commerciales, comme nous pourrions maintenant puiser à la sienne en haute philosophie, en sciences et en littérature; une telle nation, dis-je, n'est point *justiciable* du *ridicule* et du sot persiflage; il faut les laisser à quelques-uns de ces versatiles journalistes qui n'imitent ni le *Journal Général*, ni le *Constitutionnel*, ni les *Annales*, ni le *Journal de Paris*, les meilleurs journaux de la France ; il faut laisser à ces saltimbanques de feuilletons et de *petits articles*, et aux écrivains de *mauvaise foi* et de mauvais ton, l'art ignoble de *désanchanter* la *gloire*, d'avilir tout ce qui est *noble* et *généreux*, de faire grimacer la belle nature, et de jeter le *ridicule* qui retombe sur eux, sur toutes les idées philosophiques et libérales qui honorent la nature morale, l'esprit humain, la France, et qui sont dignes du beau siècle de Louis XVIII. Mon fils, vivez parmi les *penseurs*, qui sont l'*élite* de cette nation devenue *calme* par la réflexion, et faite pour une sage liberté par le sentiment de la *dignité* d'un Français actuel, et vous mériterez à votre retour à *Londres* de siéger dans le parlement britannique, dont l'organisation est le chef d'œuvre de l'esprithumain en conceptions politiques pour une grande nation. Cet auguste parlement est gardien *de nos libertés*, protecteur du *peuple* et du *trône*, qu'il maintient en *harmonie* en divisant, ou plutôt en *balançant* leurs *pouvoirs*, comme ces deux *forces* conservatrices du *monde* devinées par le génie de notre *divin Newton*. Ce parlement anglais enfin est l'*asile* et le *protecteur* de tous les *opprimés* sur le globe, en exerçant une puissance *morale* et *politique* sur toutes les *têtes pensantes*, et faisant en quelque façon la *police* de la *raison humaine* sur ce vaste *univers*.

COUPLETS

Sur les Français *de tous les temps.*

Air : *Aux soins que je prends de ma gloire.*

(Seconde édition de ces couplets).

Voulant embellir notre vie,
Le *ciel* nous soumit aux amours.
Hébé nous verse l'ambroisie,
Bellone illustre tous nos jours;
Clio nous fait aimer la *gloire*,
Vénus adorer le *plaisir*,
Et l'on apprend, par notre histoire,
L'art de *vaincre* et l'art de *jouir*.

Chez nous l'on se montre à tout âge
Héros, amant et troubadour.
A chaque *muse* on rend *hommage*,
A chaque *belle* on fait la *cour*.
Si des brillans fils de la France
L'*amour* protège les *berceaux*,
C'est à l'*honneur* que la *vaillance*
Consacre toujours nos *tombeaux*.

ÉPIGRAMME

SUR LES NOUVELLES FARCES DE M. CHATEAUBRAILLARD (1), *ou* LA GRANDE COLÈRE DE L'APÔTRE COULEUR DE ROSE.

(Cette épigramme a été trouvée il y a un siècle en Bretagne.)

A *Londres* mécréant, capucin à Paris,
En tout temps à la *France* il donna des *avis;*
Augustin (1) au *boudoir* et *Dorat* à l'*église*,
Le grand *Châteaubraillard* a pris pour sa *devise*
Le *masque* de Thalie et celui de Scapin.
Il se croit un *Platon*, et n'est qu'un *Arlequin.*

---

(1) Après bien des recherches, je me suis convaincu que ce M. de *Châteaubraillard*, qui vivait dans le siècle passé, n'est point un *être de raison;* mais j'ignore si c'est un *vrai Français* ou un étranger établi en Bretagne. J'ai quelque sujet de croire qu'il n'est point *Français*, du moins à en juger par de vieilles paperasses qu'on a trouvées dans sa *succession.*

(2) Saint-Augustin, pécheur converti.

A. Hus.

FIN.

De l'imprimerie de Poulet, quai des Augustins, n°. 9

www.ingramcontent.com/pod-product-compliance
Ingram Content Group UK Ltd.
Pitfield, Milton Keynes, MK11 3LW, UK
UKHW020500220726
13923UKWH00006B/2664

9 782019 273187